U0067945

我行我素

安塔Anta、君靈鈴、六色羽　合著

Family Sky 天空數位圖書出版

目　錄

回頭望／安塔 Anta　1

試用期／安塔 Anta　5

週五的夜晚／安塔 Anta　9

無常的模樣／安塔 Anta　13

桌子與沙發／安塔 Anta　17

一見鍾情／安塔 Anta　21

幼稚園／安塔 Anta　25

審美觀？／安塔 Anta　29

月圓／安塔 Anta　33

小花／安塔 Anta　37

夢的彼端／君靈鈴　41

炎熱，是結束也是開始／君靈鈴　45

自省，真醒了嗎？／君靈鈴　49

知足，才懂小確幸／君靈鈴　53

檸檬很酸／君靈鈴　57

自信來自於不看輕自己／君靈鈴 61

獨醉／君靈鈴 65

順行人生 VS 逆行人生／君靈鈴 69

多行不義必自斃／君靈鈴 73

控制，常常以愛為名／君靈鈴 77

『胖』真的能做自己？／六色羽 81

包裝後的實話／六色羽 87

網路的彼端／六色羽 93

億萬富翁百元創業記／六色羽 99

珍貴照片／六色羽 103

發瘋就是重複做同樣的事情／六色羽 107

燕子歸巢／六色羽 111

水泥命案／六色羽 115

家庭主婦沒有「好看」的指標／六色羽 119

逆襲總裁文／六色羽 123

回頭望

文：安塔 Anta

五月的季節，是否因為是畢業季即將到來的因素，不禁讓人想要對熟悉的環境說聲告別。早已知道在科技公司的這份工作即將離職，離職前幾個禮拜，還在思考著未來想要待在哪個城市，當時騎摩托車上班的路上大概要五十分鐘左右才能到公司，這段長時間的路程總是會讓我想著，不知道未來的自己會待在哪裡做著一輩子的工作，心裡是有點雀躍有點興奮對於未來即將發生的事，認真說起來是這段路陪伴我在思考的路上，給予了我一個滿懷憧憬的夢。

熟悉了環境與這個城市，我並不會真正的討厭它，只是有時候會因為期待想吃的食物，但卻吃不到時內心的失落，總是無法掩蓋。人總是習慣了期待，因為沒人會希望發生不美好的事，而期待正好可以填空與撫慰內心最深處的小世界。

騎摩托車上班的路上，會感覺與整個城市貼到很近很近，更近的聆聽這城市的聲音，更近的看這城市的每個角落，眼前會看見的河流與河後面的山，是高雄愛河旁的樣貌。自己一個人騎車時，最好的陪伴就是這些山與河，還有與一同騎摩托車上班的人等紅綠燈，會不自覺地告訴自己不是一個人，而他們都像是彼此的依靠，緩緩地來了又匆匆地離開，似乎是水裡的魚，想要自由卻又離不開水裡的世界。

大大的馬路，沒有人擠人的道路，店家餐廳的寬敞，價錢又比北部低得多，在高雄五年，也幾乎熟悉了每條路，曾經也想著一直就這樣待在高雄也不錯，習慣了這裡的一切，也漸漸一點一點地發現它的優點時，到了離別那一刻，真的會有點捨不得，捨不得離開它，因為慢慢的發現了它的美，而忘不了這裡的人他們是這麼熱情豪邁可愛又老實的。

剛搬到前金區時，深深的感受到南高雄與北高雄的差異，而在我還沒到高雄前，記憶裡的高雄確實就像是在南高雄看見的樣子，夜市裡各式各樣的小吃就在馬路邊，而每間店家都讓我感覺到很親切，沒有太多的距離感。吃完晚餐後，我時常騎著高雄公共腳踏車，沿著愛河河畔，迎面吹來的是親切的南風，它似乎在訴說著踏實與熱情的溫度就在這裡，感受到南高雄的溫度是如此親切熱情與踏實。在愛河畔上時常看到有幾艘船，倒映在河的表面，它像是在象徵著一種平靜，一種與世無爭的從容，不免讓人想要好好的收藏眼前這幅美景。

在我離開高雄後還尚未開放的高雄海洋流行音樂中心，原來在我住的地方隔幾條路口而已，這是我後來住了幾天才發現的事。在海豚館旁散步也是晚餐後的奢侈，而隔著海不遠的對面是高雄駁二，看著港都風情，手機裡播放著蔡琴的南都夜曲，也不時會聽到耳邊輕軌傳來的咚咚咚聲，但印象最深刻的還是在某個晚上，正當我抬頭一看，幸運地看見流星閃過。

試用期

文：安塔 Anta

夏天的風輕輕地打在我的臉上，不自覺會讓人以為夢該醒了，要回到現實中，也許每個人心中都有一個浪漫的冬天，是因為夏天的炎熱會讓還在睡夢中的人不得不醒過來。今年的夏季我也從夢裡醒來，醒過來後發現所有發生的一切都不在自己的掌握裡，有的時候會想要好好規劃未來，想要有安定穩定的生活，但這個夏季告訴我，要學著面對突如其來的每件事，正面的看待與歡迎它。

這個夏季我有了一個新工作，還在工作試用期中的我，在公司已經快要兩個月，最近公司有在招聘新人，昨天看到的面試者是一位社會新鮮人，我看著她，就像兩個月前的我，到公司門口按了門鈴，等待有人來開門的緊張感，進到公司後小心偷偷的觀察公司環境，記得當時我從一進門到辦公室裡，看見門口有著各種精緻的藝術品與宗教的雕像，瞬間感受到建設公司的保守與氣勢，這些華麗隆重的物品，不經意的拉遠了人與人之間的距離。我心裡想的是，這間公司的老闆肯定很注重禮節吧？

當時面試時加上我一共五個人一起等待面試，在這種關鍵時刻，新冠肺炎疫情對許多企業的衝擊，我想大家都非常需要有一份工作，有錄取的話應該會馬上開始上班了。寫完公司的各種不要不團結試卷題目後，看著大家臉上似乎都變得有點緊繃，更讓我覺得建設公司的氛圍是否都如此神秘？可能也是因為試卷內容都是問答題，而且題目看來是要避免與同事相處上不好的狀況發生。

後來等了許久後輪到我面試，面試時面試官散發出來的氣勢，看著她身上穿著鮮豔的衣服，臉上完整的妝容，有點讓人畏懼，不過我也很好奇建設公司的工作內容會遇到哪些事，接到錄取通知後，我也決定抱持先試試看的心態，帶著一點模糊與懵懂踏上了保守的建設業。

上班的第一天見到我的同事，才有感覺回到真實生活中，還好同事沒有那麼令人有距離感，不過與我在高雄接觸到的人真的有很明顯的差異，台中的人也不是不熱情，對我來說，比較像中溫空調，不冷不熱，他們跟你說話時，沒有像高雄的情緒聲音高低起伏來得那麼大，而是把自己要說的話說完，聲音頻率有著一致性。

一開始帶我的同事跟我講的工作任何事，聽到的無非是房子怎麼從無到有的，或是房子法規……所有有關房子的事情等等，對建設業完全不熟悉的我，看到那麼多有關房子的資料，真的有點頭暈，因為要記得真的不少，所有的專有名詞原本與我無關，一係間它忽然變成我每天都必須與它見面的功課。上班時間我也在觀察著，公司的氣氛如何，知道了大家上班就是安安靜靜的做自己的事，然而下班與同事一起去牽車彼此聊天時，看到同事下班後完全變了一個人，上班的嚴肅與拘謹不見了，反而才能看見同事還有這麼親切可愛的一面。

週五的夜晚

文：安塔 Anta

面對黃昏，我始終不知道是開心還是憂傷，該開心的是忙碌了一整天，可以有了自己休息的時光了，憂傷的是，看見一天一天的時間慢慢流走。眼看自己漸漸的長大，學著面對與承擔更多的人生課題，有誰，是真正的勇敢，是不是被時間堆積的年齡裡，而不得不面對。在這個夜晚，我不想要平靜的又過了一天，於是我選擇到外面散散步，也許在週五的夜晚中，會看見誰為我的人生畫上了一筆色彩。

一開始就看見兩位約六十歲以上的老婦人走過，肩並肩在聊天，身上穿著的是運動休閒的衣服。我想人的一生中，可以找到願意一起和你在同個時間裡做同一件事情，還真的是少數，沒人會想到身邊的人，有許哪天，他就會在遠方。人生中的每個階段，似乎像是一個遊戲帶著我們去遇到每一個關卡，而每個關卡都會有一個魔王，總會遇到一直失敗又重來的關卡，這個時候如果你的身邊有一個人，他願意在你身邊陪著你一起打敗魔王，那他真的是你的貴人了。

再往前走一點，馬路的對面，我看見有兩個人的黑影在一棟房子裡的二樓，看起來很像是在打架，我觀察了一下，房子外面的旗子寫著「詠春拳」，也只有在晚上才看得到這樣的畫面了，明顯又清楚的兩個人的黑影，我想是一位教練，正在訓練一位學員，從樣子判斷下來，我猜測學員應該是高中以下的學生吧！眼前這個景色，搭配著路上的燈火，我站在對面的步道上，正讓我看了一部打鬥的小短片。

我想有很多時候，不必到電影院，就可以在身邊看到很多的故事，而這些故事裡也常常可以讓我們反思，或是帶來一點點的療癒感。在不經意的時候，我們也常常會為其他人添上一些小樂趣，只是我們不知道而已，所以每個人都是如此的特別，也是每個人的生命導師，即使不認識，哪怕是去餐廳吃一頓飯，用心觀察，會看見他人的優缺點，正面的是可以學習他人優點，或是餐廳裡的老闆，有著許多風風雨雨的人生故事，如果老闆是喜歡和人聊天的話，可以在某些餐廳或小吃店裡，聽老闆訴說他人生中的風風雨雨，有時會驚覺，原來自己面對的事情不算是最糟的。

活到六十歲以後，已經有了太多故事可以闡述，不知道可以拍幾部人生電影了。記得國中時還不太愛聽老爸講他的人生故事，而現在對於人生更有感的我，才驚覺對自己人生更有感，也才會對別人的人生更有感，更能夠敞開心們去學習。生命中的每一步路，雖然不一定會走得很順，但是要怎麼面對才是重要的，好好享受生活吧，然後相信所有的一切都不是最糟糕的。

無常的模樣

文：安塔 Anta

人的一生有什麼可以預計的事？有些事情既然無法掌握，那就讓它隨著時間走吧！今天一早接到我媽的電話，電話中聽到她用台語跟我說，小舅舅今天不見了。早在前天晚上與大舅通電話，就知道小舅的腦部又長了四公分的腦瘤，小舅本身有精神疾病，在近幾個月裡，經過兩次開刀後，身體每況愈下。聽到大舅跟我說的，他這輩子覺得最重要最想要守護的就是家人。也許在每個人心中都有想要守護的東西，可往往真的能夠守護得住嗎？

這個週末，本來是工作一個禮拜後開心放假的週末，想到舅舅一家人要面臨的是處理小舅的後事，而今天又很巧的，是父親節，我想越讓人措手不及的，才是人生吧！打從出生的那一刻起，每個人就出生在不同的家庭中，沒有誰可以選擇自己想要待在怎麼樣的家庭，每個人要面對的事也都不同，所以也可能一不小心會嫉妒與羨慕別人，產生心理的不平衡。

人生中的每一個關卡只能面對再面對，真的想改變就試著努力盡力的去實現吧！盡力後努力過也無能為力的話，那就感恩這一個過程吧！也許這樣就是一個最美好的樣子。因為，有太多的事，是不在自己的掌握中，享受這一個過程，享受每一刻的喜怒哀樂，接受不完美的樣子，會發現最美的樣子，其實不一定是那麼完整的。

往往當一個人去逝後，人們似乎會開始追憶他還存在的畫面，最親近的人，有一天卻會永遠再也見不到他，這種最遙遠的離別也是永遠的離別，是我在國中時我奶奶去逝後，第一次體會到最深刻的生離死別，每天住在同一個地方，每天都會相處在一起，每天都會吃我奶奶做的飯，怎麼會在某一天中就離開了呢……當時心裡的問號總是不停跑出來，只知道這就是所謂的生離死別。

我在外婆家看見我小舅第一次開完刀的樣子，大概是在去年年底，在那個時候，無法想像得到，原來小舅的生命時間僅僅剩下了半年，現在還能印象深刻，小舅在外婆家的身影，依稀還在腦海穿梭迴盪著。而當一個人過逝後，似乎所有的錯誤也不再被檢視放大，人們會追憶的是他的好與他的優點，這樣的現象也不奇怪，當人都已不在人世間，是一件令人感慨的事，而如果要計較所有的錯誤又怎麼找得到人呢。

桌子與沙發

文：安塔 Anta

在這裡，這張小桌子，成為了我的飯桌、書桌各種...每天會做到的事，都在這間房間的這一張桌子與沙發，也許，它們將會陪我走過一段遙長的路，可是不能確定與它們相處的時間會到什麼時候。

因為，每一分每一秒，我們的思緒都在變化，有時候就連自己也抓不住自己的思緒，甚至，為什麼做了哪個決定，也沒有原因，但就是可以很肯定。

我想，很多時候沒有原因的決定了一件事，其實很帥很瀟灑，可以自己掌握想要什麼樣的生活，是讓人羨慕的，是一種令人嚮往的自由。身旁有些人的想法很果斷，想做什麼就做什麼，而有些人卻總在決定前一刻猶豫不決，每個人身上獨特的影子，往往告訴我們，沒有人是完美的。

剛搬到這裡，最不習慣的是沒有了書桌，一張舒適的書桌，可能是桌子跟椅子的和諧高度，能帶給我平靜與安穩的感受，而現在能仰賴的，變成了眼前的這張小桌子與沙發，不知道未來與它們的相處是否會帶給我各種驚喜。

每天早晨，我通常會起床準備早餐給自己，為的是好好感受每一天陽光的溫度，都是不一樣的。在早餐時間就開始與它們培養感情，有時候早餐、午餐、晚餐，我都會在這張桌子與沙發中度過，它們還會扮演我的書房，在我看書時或是聽音樂時發揮它們的作用。

我也肯定它們的表現，它們有帶給我舒適感，這樣的舒適感像是在告訴我，要永遠對生活保持熱情，就算未來有了挫折，有了失敗，都要記得曾經的那張桌子與沙發，它們永遠都不會變，像它們一樣，永遠保持不變，時間久了，就會知道所有的為什麼都會被填上了答案，會一步一步地看見累積的價值在哪裡，所以，有很多的東西，它們雖然是物質，但也最貴了。

它們可以扮演著多種角色，無論是不是適合它們，它們似乎沒有選擇的餘地，因為它們只能靜靜的待著，它們不像人類還能有一些選擇。

雖然人類在選擇的時候，必須因應某些狀況做出決定，而選擇的時候又時常是在某個時間某個階段，看起來是被時間推著走而做出的選擇，但比起在我房間的書桌與沙發，已經擁有了太多可以選擇的機會了。

這些物質的東西，看起來沒有感情，因為它也不會跟人類互動，可往往它們卻會不知不覺一點一滴的，偷偷的在我們心中留下一個位置。

這種現象，我想，每個人都經歷過，不是我們刻意地要產生什麼樣的情感，而是自然而然的，會對沒有生命的東西產生了情感，然後會隨著時間不斷累積所有的情緒。

人類所有的情緒與回憶，會悄悄的在某個時候出現，成為每個人腦海記憶中的樣子，可以說全部都是人類所創造出來的，是人類一點一滴的在創造，每一個階段的故事。

一見鍾情

文：安塔 Anta

記得小時候，在唸小學的時候每兩年就會分一次班，剛開學的那幾天，有些人很快就會被全班給記住了，不是上課老是會被老師點到要回答問題乖學生的，就是班上最皮的。

我還會注意到班上的某幾位女生，雖然我的戀愛傾向是異性，還是會讓我特別注意到她們的存在，但這樣的人在班上也不多，通常也就一兩位女生，會覺得她們特別有吸引力特別的亮眼，第一眼看見時還會在心裡想著「她好漂亮啊！」的驚嘆，有種一見鍾情，想要和她交朋友的感覺。

不管在什麼時候，人總會喜歡美的事物，當然也包括每個人與生俱來的外貌。可是我再回想起，小時候那樣的年紀裡，還對於美的定義不是很明白時，小孩子天生散發出的那種天然美，是一種給人很自然很舒服的感覺。

也許也是因為在這樣的年紀，還沒有遇過那麼多的挫折，還沒有經歷過太多的悲歡離合與喜怒哀樂，才能散發出天真無邪的純真感，這一種美麗，也只有在那樣的年紀裡了。這也難怪了，常聽到長輩們在說自己的年紀時，會說自己永遠是十八歲，但明明看起來完全不像十八歲，不禁聽到的時候，都令人有點感慨時間的一去不回。

後來真的認識了我小時候驚嘆中的天然美女之後，通常跟自己所想像的美好有種種落差，人也真的只有認識了之後，才感受到她們真實的一面常是讓人又愛又恨的。愛可以說是喜歡和她相處時的安全感，恨是她常在我很認真的思考某些事時調侃我。

但很奇妙的，人跟人相處之間的化學反應，難免朋友間會有些吵架，在吵的時候，你們之間又很難真的吵得起來，或是真的吵架了，似乎過幾天又好了，小時候之間的吵架，是沒有利益關係的吵架，但也難免不小心會傷到彼此，但這樣真實又不成熟的感受，我想，後來在每個人心中，都會留下一筆讓人不自覺嘴角上揚的回憶。

回想這樣的過程，就好像從小我們就在學著如何欣賞生命中的人，會很容易發覺對方的好，無形中在學著觀察與肯定別人。人時常喜歡上自己身上沒有的，而自己已經擁有的，也容易忽略了，變成一種習慣，不容易察覺自己有什麼特別，反而常常是別人告訴你的時候，才發覺自己身上有的特質，也有可能那樣的特質你也從來不知道。

幼稚園

文：安塔 Anta

有誰身邊有從小一起長大的青梅竹馬呢？而你們一直到現在大學畢業，出了社會工作，還一直保持聯繫著？

我有一個從幼稚園認識到現在的朋友，她是一位女生，雖不算真正的青梅竹馬，但也從幼稚園到現在大學畢業後還有在聯繫。在上個禮拜與她一起吃晚餐，很難形容這是怎麼一回事，為什麼眼前的這個人，與她相處時的感覺依舊如此，幾年前幾年後她還是一樣，依然是熟悉的老樣子。

與她吃晚餐的前一天晚上，我打了通電話給她，已不知道上一次與她通電話是多久以前的事了，所以沒能猜到她會以怎麼樣的方式，接起我的電話，也無法猜到，她看到我的來電時的表情，還有她會在幾秒過後與我通話。

與她吃完飯後，我很清楚地知道，她依然沒變，也許她和我相處的方式會一直如此。就像是每個人的個性從小到大，幾乎不會改變太多，在多年之後，無論我們各自走過了多少城市，也沒改變彼此相處的方式，只不過這樣的情況，這樣赤裸裸而沒有掩飾的相處方式，似乎也只在某幾位特定的朋友身上看得見了。

時間將我們推到各自的道路，誰知道下一次再將我們推到同一條道路時，我們會以怎麼樣的狀態出現在對方面前。

這次是我做的選擇，來到她原本住的城市。我們在約好的店家，剛坐下不久，她就開始不停的說著工作的事，透過她，讓我更清楚的知道，我們也到了這個階段了，曾經我以為離我很遙遠的階段，以前，這是我還是學生時，去外面店家用餐會聽見客人的聊天內容，我把它定義為，那些大人們會說的事。

而我在那天，也成為了主角。聽到的每一句，都是在說著她上班遇到的各種問題，而這些問題，對當事人來說，總是造成了他們很大的困擾，因為在工作上會看見好多的不公平，好多的不平等，好多好多意想不到的奇怪事。

當時，我們各自聊著工作上的各種奇怪事，有讓人氣憤的也有有趣的事，分享著的同時，我們也會互相為彼此加油打氣，雞婆的給予建議，我們自然地流露想為對方好，雖然我們並不一定會採用對方的建議，但在我們心中，可以感受得到想為對方好的心意，這樣有人關心是幸福的，我想，很感恩他們的出現與不嫌棄的陪伴。

沒特別聯繫的這幾年裡，我們在不同城市生活，確實在這一段的日子以來，對我來說，少了一段她的畫面，這一次的相聚，像是我們彼此遞補上幾年前的畫面，重新拼接，將前面的畫面與現在的畫面，再次銜接上，沒有任何衝突的，以很溫和很暖的方式走進對方的回憶錄。

審美觀

文：安塔 Anta

這次與他們聊天是在黑暗中的，晚上吃完晚餐後結束了一整天奔波，凌晨一點四十分左右，我們才剛躺在飯店舒服的床上，我眼睛睜開只看得見房間裡一點微微的光，耳朵也只聽得見彼此的聲音。一整天的行程有點緊湊，這次不太來得及聊聊彼此的近況，但我們依然還是忍不住想說心裡話，還是在睡前大聊了一番才肯入睡。

她們是我高中同學，高中畢業後，來來回回我們每年也會見面個一兩次，見面的次數看起來很少，因為我們在不同的縣市裡，南與北的距離，雖然不到非常遙遠，最遠距離卻也隔著三百多公里。

「好想談戀愛喔……。」菱小姐躺在床上的第一句話。我跟另一位簡小姐已經聽得習以為常。我們都知道菱小姐的初戀是在高中，在大學裡沒有過新的感情。

「朋友介紹的話…比如我們認識的人，妳可以嗎？就當作先交朋友。」我說。

「可以，但約出來的話，要多一點人。」菱小姐說。

「要多多？十幾二十個讓妳選夠嗎？」我哈哈笑的說。

簡小姐也哈哈大笑……。之後我與簡小姐便開始搜尋身邊朋友名單，在還沒想到有哪些人時，我與簡小姐又問了菱小姐她有什麼條件，喜歡什麼樣的人，要比她高嗎（菱小姐身高有點高），或是個性方面喜歡什麼樣子的男生，聽到菱小姐說的，我想我跟簡小姐心裡想的都不意外。

「首先，要能接受胖子。」「現在人的審美觀就是這樣，大家都喜歡瘦的。」菱小姐說。

我沒辦法完全體會菱小姐說的，這也不是一般人可以經歷到的，我們每個人的身體也都長得不一樣，我們也沒有辦法做選擇，我們能做的也只能認命的去接受。可是往往當事人也很難真正地接受，有時候就算接受了自己，那其他人呢？我想這是菱小姐最過不去的關卡。

我們在這當然也鼓勵著菱小姐，但是，能感受到的，似乎所有的認知與想法也是來自於自己，因為，我們怎麼輕易地改變其他人的想法呢？改變其他人，真的太慢了也太難了，雖然我們都知道可以改變自己，真相就是做不到。

與幾位朋友的相處，我們都清楚很容易看到別人走不出來的關卡，卻容易陷在自己的關卡裡。有些朋友像是正能量的出口，可以在說說話時，分享自己也關心對方，甚至還能給對方一些正面的回應，有時候朋友的鼓勵與建議，我想是每個人很珍貴的貴人。

想到審美觀這個問題，我想每個人若可以更愛自己的話，那還能有什麼問題，而且要愛得很深很深，每一天一點一點的發現，自己的美自己的好，很深的愛上自己，愛著自己，也才會更重視自己的感受，也才能照顧自己的身體，之後才能談到健康的愛別人。而且審美觀的問題有誰說得準呢？有哪個才是正確的方向呢？

月 圓

文：安塔 Anta

好久不見，最近好嗎？這一句話，聽起來總有點感慨，但因為多種因素，我們也很難參與到對方的種種日常，可能一年見個兩次面也算多了，想要關心與問候對方，我想這一句話是最簡單與單純和直接的了，雖然每個人聽到後，總有點難為情，不知道述說自己的故事，該從何處分享開始，但起碼你們可以再一次的有一個連結。

有些人，他跟我們的關係可能不到非常熟悉，但因為你們曾經在同一個團體中或是你們是同班同學等等，所以你們會常常見到面，這些人，跟他們說過的話比見面的次數少之又少。或者說曾經，你跟某位朋友在某一段時間很好，後來卻好像斷了線的風箏一樣，風箏隨著風遠走，雖然你們不再像以前那樣緊緊黏著彼此，可能是緣分到了，這位朋友在某個時間點他漸漸的越來越少出現在你的生活裡。

身邊的景物一直不斷在變化著，還有什麼話語，才能夠表達關心對方的心呢？我想到這個問題，也是很多人會遇到的，在某些時間點，你身邊的人會一直在換，因為每個人都有他的方向要走，這也是我們會知道，好像沒有人會永遠的陪伴在我們身邊，總是有些時刻，我們會自己度過，而在中秋這樣的節日裡，才有機會再一次見面，這些節慶裡，才又把每個曾經一起相處一起努力過的人，再一次的牽在了一起。

好長的一段時間沒見了，他們是我國小及國中時的朋友，曾經，我們幾乎會天天見到面，而這天，因為這個節日，在月圓的時候，好似又與這些人緊緊的繫在了一起，甚至是我不認識的他或她……。

第二天的烤肉，隨著姊姊的邀約，厚臉皮的參與了姊姊高中的烤肉聚會，雖然有幾個是我認識的學姊，但有些人是不認識的，觀察到他們的互動，也更能看見人跟人的互動是如何產生趣味的，當我們的心中不排斥他人，更能敞開心門的時候，也就能發現每個人的可愛之處。

這也讓我想到，為什麼人會討厭一個人呢？我想很多時候會討厭一個人，是因為他人的想法與我們有衝突，容易處於在自己的想法中，每個人價值觀不同就是衝突的起源，但如果在這個時候，我們可以選擇傾聽與尊重的姿態，我想有些衝突還是可以避免的。這並不是一件容易的事，也在於因為每個人都有他的自尊心，有時候看見比較強勢的朋友，也可以知道為什麼他的工作會遇到衝突了，有時強勢是好的，但如果常常處於在強勢的狀態下呢？遇到硬碰硬的話，我想也很容易兩敗俱傷了。

小 花

文：安塔 Anta

牠總是會待在車庫，就在我晚上回到租屋處的時候，那時是我們的第一次相遇，彼此的印象都很不好，不好的開始是因為我們成為了對方的麻煩。

牠會成為我的麻煩，也是因為牠會在車庫裡睡覺，常常會躺在我要停放機車的停車格，不然就是牠又睡在門口了。我當然也成為牠的麻煩，在牠每次睡覺時都在吵醒牠，害牠每次都得起身離開。

我看著牠窩在車庫裡，我並不知道牠是誰家養的狗，但牠時常會在我要停摩托車時出現……。我並不是怕狗，我是怕牠會吠人或是會追人，後來我才知道牠是有禮貌的狗，也會看人類臉色的狗。直到習慣了牠的出現才明白，我剛開始以為牠是一隻膽小的狗，想到自己跟牠的第一次見面，是想要試著嚇跑牠的。

牠當然更不習慣我的出現，牠從來沒見過我，我想牠也明白這裡又多了一位新客人來了。在剛搬進新的租屋處，我都試著想要趕走牠，外表看起來並不討喜的牠，我對牠也感到害怕，但一次次被我嚇走的牠，都讓我看見牠並不是我想像的那種很凶的狗，也讓我看到牠被我嚇走的樣子，是處處可憐的。

我們變成真正的朋友的時候，是在我漸漸知道牠並不會吠人之後，某一次我回到租屋處遇到牠，我試著靜靜的看著牠，我們在車庫裡對望了許久，我慢慢蹲下身來，在牠的身邊。看見我蹲在身邊，牠忽然一翻身仰頭倒，牠雖然還是讓我嚇了一跳，不過這次不一樣，這次是很驚喜的也很意外的，我在那個瞬間知道牠是如此可愛與調皮。

昨天晚上，從望高寮回來後，才開始有了對牠的思念。我想牠了，牠是我在高雄租屋處認識的非常有趣的朋友，牠甚至比人類還更知道怎麼溝通，也更知道怎麼表達自己的情緒。在牠心情不好的時候，牠會變得不會撒嬌，也不太想理人，而牠心情好的時候就會主動撒嬌，牠會主動摸你，把牠的手給你，是因為牠希望你握牠的手，在牠心情更好的時候，牠會翻身讓你搓揉牠的肚子。

這位朋友的出現，像是也在提醒我某件事，當我們內心有所感受或想法時，就不要再掩藏了，我們在某些時刻都該更直接的表達出來，讓身邊的家人或是朋友知道，表達我們的喜怒哀樂都可以。牠叫小花，小花以牠的方式告訴了我，很多時候不要掩藏了自己的情緒，有時更直率的表達，也能夠讓對方更清楚知道我們的感受，才不會留下了一絲絲遺憾了。

夢的彼端

文：君靈鈴

黑夜中，沉入夢境，在逐漸失去意識的那時，卻看見另一端的光明。

循著光亮而去發現，如夢似幻的場景乍現。

紅、橙、黃、綠、藍、靛、紫，雨後可見的炫彩出現在眼前，令人目眩神迷。

但精采還不僅於此，獨角獸、精靈、天使們翩然而至，在身旁玩耍嬉鬧，正是一副尋常不容易見到的景象。

忽然獨角獸眨了眨眼，像是在提示著「來，跟我走」，身後精靈、天使們也輕推著起鬨著，感覺準備了驚喜正等待著。

不由自主跟著移動，著實忘了是夢境還是真實，一步一步跟著，看著前方的獨角獸鬃毛飛揚著，心情也跟著歡快了起來。

結果，原來是新的一方天地，有泛著微微金光的瀑布還有一泓泉水，看起來清爽涼快，勾起人想跳入戲水的慾望。

說時遲那時快，獨角獸、精靈、天使們接二連三先跳為快，愉快的笑聲迴盪在空氣中，也像是在發出一張張強力邀請函。

好吧，有何不可？能與奇獸、精靈、天使一起玩耍可是無上的榮幸，猶豫不需要，等待自然也是多餘的，只管跳下在泉水中徜徉，享受那沁人心脾的涼意及無比舒暢的快感，只是愉快的時間總是過得特別快，一陣嬉鬧過後卻見天空烏雲聚集，一股風雨欲來的氛圍瞬間籠罩全場，一夕風雲變色看來就在下一秒。

果不其然，細細雨絲緩緩飄下，與水面交織泛開一個又一個漣漪，宣告著玩樂時間結束，是時候找個地方躲雨了。

此時目光一閃，見到一顆枝葉茂密的大樹，正想走過去天使卻輕輕搖了搖頭，這才發現原來大樹不能依靠，因為它的枝葉正張牙舞爪姿態囂張看似想將人抓入某個不知名的幽暗之地。

逃吧！再慢一步就可能被逮，但偏偏被眼前的景象嚇壞了而導致雙腳發軟，腳踝就在此時被揪住，情況危急不說，驟變的氣氛也讓人不寒而慄！

身體瞬間彈起，望著窗外發現依然是深夜，而剛剛不過是夢境，但額上的冷汗又在說著那股真實感，不禁陷入沉思。

或許遇見獨角獸、精靈、天使們是人們內心深處最渴望的期盼，而那一泓泉水帶來的涼意與輕快便是人們渴求的自在，只是現實中總會遇到困難鋪天蓋地而來，就像忽然團聚的烏雲般，壓得人喘不過氣來。

甚至，以為的依靠並不可靠，反而先騙取信任再摧毀一切，偷偷的想拉人墮入無盡深淵，並在成功之後放肆狂笑，高高在上的模樣令人厭惡。

一場夢道盡所有，在夢的彼端看見美夢雖美但來的快去得快，人生不可能日日都歡快自在，追尋真正的自我與夢想，遇上困難也不逃避，不過分依賴未知的依靠才是王道。

人生，靠自己最實在。

炎熱，是結束也是開始

文：君靈鈴

炎熱的季節，認知中常見的畢業季，但今年比較特別，因為疫情的影響導致一些原定計畫或是日程改變，甚至有些學校連畢業典禮或是畢業旅行都選擇折衷辦理。

不過，就算如此，該畢業的學子們，還是會在這個炎熱的時刻被推進下人生下一個階段。

年紀還小的可能繼續升學，在國民義務教育結束之前，基本上學習就是每天最基本的功課，而在義務教育結束之後，選擇是否繼續以讀書充實自己或是選擇半工半讀或直接就業就是那當口需要思考的問題。

先充實好自己再踏入社會還是先累積部分經驗以防往後自己適應不良又或者是直接踏入社會磨練自己，這三個選項都不同，但結果會不會不同卻不一定。

類似像這樣的人生路口，其實不只是畢業生，而是人們常常遇到的情況，需要作出選擇，但又不確定自己的選擇是否正確，因為沒有人可以預料未來會發生什麼事，如果選擇了選項 A 那麼結果就一定會是 A＋嗎？如果選擇了 B 情況就會比較不好嗎？

沒有人可以百分之百肯定，就算再有把握也無法確定一定都會按照計畫進行，不會有一點改變，通常人們都會依照常規下判斷，評斷出對自己最好或是對目前情況最適合的那條路，走上了或許會後悔或許不會，但只要走上了，很多時候就沒有回頭路，而也有一種情況那就是不由得自己做主。

而對於這些甫畢業的學子們來說，無論怎麼選擇，都是增加人生記憶與經驗的過程，尤其是決定直接步入社會的人，可能下了決定卻在深夜感到無所適從。

該做什麼行業？該訂什麼目標？未來的人生規劃又是什麼？如果達不到目標或是對未來做不出任何規劃又該如何？再說了，訂了目標有了規劃又如何，能達成嗎？做得到嗎？

一連串的疑問浮現在腦海，形成一種隱形的恐懼，潛藏在內心，然後鼓起勇氣掩蓋，卻掩飾不了正式出去闖盪時從體內散發出的不安與惶恐，隨即在遇到挫折時感到心灰意冷，這是在脫離慣性生活後很容易發生的情況，因為從校園到社會之間，雖然基本架構沒有太多改變，都是人與人之間相處以及互相競爭、扶持，但出了社會之後很多細節是學校裡看不到也不曾遇到過的，當然挫折感也會放大。

但別忘了，告別校園踏入社會是一個結束也是一個開始，在剛開始就搖白旗投降怎麼行呢？

鼓起勇氣吧，在遭遇困難時不退縮，在遇到刁難時不後退，在面臨抉擇時冷靜下判斷，這個世界雖然有時友善有時令人疲累，但只有相信自己能做得到，才有可能做到。

只要認輸，那就是真的輸了，不認輸，勝利總有一天會到來，就算遲到，但相信不會不到。

自省，真醒了嗎？

文：君靈鈴

雅馨是一個自認非常自律的人，她每天都會在夜晚洗完澡後花三十分鐘省視自己今日是否有什麼缺失，但不知道為什麼她總是覺得好像哪裡不太對勁，她的人緣一直都不是很好，在職場上也一直都不算很順利。

那麼問題出在哪裡？

百思不得其解的雅馨就是沒有答案，結果在一場久違的同學會上，她意外知道了答案。

在學生時期她是個品學兼優的好學生，說來自省的習慣其實在她學生時期就養成了，她那時每天除了學習之外就是會在學習告一段落之後給自己一段時間回想今天發生的事，然後去思考自己今天是否有什麼失誤，藉此告訴自己僅此一次絕不可再犯。

說來她的確是個很自律的人，不過在老同學眼中，那時的她卻是個難以親近的人，她自有一套準則神聖不可侵犯，在人與人相處之中，她會不自覺用自己的標準去約束他人，只要這個人不符合她的標準她就會出言糾正，而很顯然在出社會之後她這個毛病更加嚴重，尤其是在她年齡漸長在公司已被稱為前輩後，所謂大前輩的規矩與眉角，她可一樣都沒少。

其實自律的人沒有不好，但是以自己的標準去影響甚至是批判他人就不是件好事了，畢竟每個人性格與觀念都不同，怎麼去要求別人都跟自己一樣呢？

「雅馨，說實話我們當年都覺得妳不是很好相處。」

大家都是成年人了，而既然提到這個話題，一位老同學也就敞開了說，但語氣並沒有惡意，比較像是提點，而這個提點就恰好直擊雅馨的心。

「原來是這樣，是我太自以為是了嗎？難怪我覺得雖然大家那時候好像感情都很不錯，但我總是有種格格不入的感覺。」

其實雅馨算幸運的，因為至少她沒有因為她的性格如此而遭到霸凌。

「我覺得……雅馨妳雖然有自我檢討的習慣，但是其實……」

另一位老同學比較含蓄，說話有點吞吞吐吐。

「我根本沒有發現自己真正的缺點是什麼，對不對？」

雅馨沒有介意，反而很大方接話，同時也很感激在這場同學會中自己知道了以往根本沒有想到的事實。

「其實每個人性格都不同，我們也不能說妳這樣不好，只是太自我會比較難交到好朋友，因為通常都會因受不了而離開。」

一位男同學開口了。

「這倒是，因為我最近就是發現我好像活到三十歲了身邊卻沒有知心的朋友，所以近來一直在思考到底是為什麼，謝謝你們。」

雅馨笑了，活了三十個年頭，她終於知道自己出了什麼問題，但她很值得嘉獎，因為她沒有逃避勇於面對，在別人一針見血指出她的缺點時，她欣然接受沒有翻臉。

所以說，每日自省是種好習慣，但是重點來了……

自省，真醒了嗎？

知足，才懂小確幸

文：君靈鈴

每個人感興趣的事都不盡相同，對事物的感受度也不同，當然心中對小確幸的定義也不同。

有的人可能端著一杯咖啡聞著咖啡香就是他的小確幸，有的人可能吃上一口甜點才是他的小確幸，有的人可能聞到花香就覺得今日有了個小確幸，也有人是抱著爆米花走入電影看上一場電影才感到自己得到撫慰。

但不管是哪一種，對於現代人來說，抓到時間放鬆自己還是很重要的，畢竟現代社會步調非常快，人人也幾乎都有屬於自己的事在忙，一忙就天昏地暗沒日沒夜的，鑽個空隙品味一個小確幸會得到難以言喻的幸福感，不過前提是懂得「知足」二字。

說來「小確幸」與「知足」二字其實是配套的，原因是因為所謂的小確幸泛指人因為一件小事而感到幸福歡欣，但人要因為一件小事而感到幸福喜悅卻通常得明白知足這個道理，倘若不懂，那麼就很難在一件小事中體會到幸福感，這也是為什麼有時候明明覺得朋友跟自己興趣差不多，個性也挺像的，只是偶爾心態不太一樣，而在遇上同樣的一件小事時，對方會覺得幸運開心，而你卻覺得沒什麼大不了，甚至覺得對方對小事的反應太過誇張。

但這也是人之常情，畢竟人生來就有無窮無盡的慾望反應在不同層面，在權力、金錢、愛情、物質等等很多方面，各有各的擁護者，為這些事產生慾望陷入鬥爭、沉迷、執著，因此而忽略了有時候將扭緊的開關鬆開一點，事情或許會往更好的方向發展。

因為不知足而不懂該在哪裡踩煞車，一層一層疊加上去的慾望蒙蔽了感官神經，讓自己緊繃到不行，自然也無法體會到小確幸的箇中美妙。

給自己三十秒鐘，先來幾個深呼吸吧，然後再給自己一分鐘沉澱下來，回想自己汲汲營營是為了什麼，除了無止盡的慾望外，還感受到什麼？

想要更大的權力？但在權力的舞台上，沒有人是永遠的贏家。

想要更多的金錢？但錢財生不帶來，死不帶去這道理人人都懂。

想要更炙熱的愛情？但愛不可能一直濃烈，微溫才是雋永的滋味。

想要更高品質的物質生活？但比起奢靡，懂得惜福才會走得更長久。

所謂知足常樂，懂得知足學會惜福知道珍惜，這樣的人生才不會一直在慾望的漩渦裡打轉無法脫身，適時跳脫出來放空自己，給自己一點空間一點時間，品嘗屬於自己的時光，找尋屬於自己的小確幸，然後帶著重整過的自己踏入下一個挑戰，或許就會發現，一直過不去的坎就這樣過了，原因只是因為太過逼自己將開關扭緊，而因此忽略了其實答案不在開關上，而是在旁邊的沒拴緊的螺絲上。

就十分鐘，給自己一個小確幸，然後告訴自己，知足就會明白快樂的滋味。

檸檬很酸

文：君靈鈴

有一群人非常喜歡一種特殊的檸檬品種叫「酸言酸語」。

這些人不僅愛吃也愛把這種檸檬搾成汁喝下，據說每日只要吃上六顆或是喝上三杯以上就可以鍛鍊出三寸不爛之舌、堪比光速的手速還有只往酸處想的思考邏輯，功效之優沒有任何東西可以比的上。

傳說中只要依照每日該服用或該引用的份量服下或喝下，酸的功力將會與日俱增最後達到非人的境界，堪稱為酸中之神，乃酸神是也。

然而奇妙的是，本來並不容易達成的境界卻好像門檻掉了似的越來越容易達成，酸神的數量與日俱增不說，還每天都在幾個固定的場合裡大戰，鬧得這幾個地方雞犬不寧但他們仍不甘心，決定向外發展拓展領域，要將酸言酸語發揮到極致。

最後，整個世界被酸神們佔領，一切都變得不同了，這些酸神們因為功力深厚不須出門只需在家裡就可以發動戰爭，世界陷入一股名為酸的危機，就算討厭酸言酸語這種檸檬的人拼命撒糖倒蜂蜜自保都無用，酸的風暴瘋狂席捲世界各地，很多人開始覺得，是不是不懂這種酸就不能繼續好好生活下去。

真的沒有別的選擇了嗎？

在被酸神們逼到絕路時，只能選擇投降、放棄或是乾脆也效法一天吃上六顆或是喝上三杯酸言酸語？

不，就是有人無法苟同這種想法，他們帶著一股信念拼命撒糖倒蜂蜜，雖然已經有許多人因為酸神們而犧牲，但他們為了捍衛剩下不想成為酸神的人而努力，因為這個世界不能只有酸也要有其他味道。

就憑著這股信念，這群人日以繼夜不眠不休，終於取得一場小小的勝利，他們揪出躲在家裡手還正敲打著的一小群人，對之曉以大義，雖然得花上很多時間，雖然已喚不回逝去的人，但至少可以拯救後頭即將被酸攻占的人。

這場戰役很辛苦也還在持續著，沒有人知道最後結果會如何，酸甜大戰看來還會持續很久很久。

但其實我們都知道，這個世界需要多一點善意少一點惡意，在只看事情表面就暗自下判斷並肆意敲打然後攻擊對方這樣的行為其實並不可取，但偏偏很多人樂此不疲且自得其樂，心態也很不健康，很多只是因為忌妒、羨慕、無聊、自以為是導致控制不住自己的手，對不了解的事下批判而去傷害根本不認識的陌生人。

切一片檸檬含入口吧，它是很酸，但再酸也沒有那些酸神們發的招數說的話酸，是沁人心脾傷人心割痛人的酸，但他們卻不這樣認為。

自信來自於不看輕自己

文：君靈鈴

「自信」、「自卑」這兩個單詞字片上看來只差一個字，但實際上差異卻是很大，當你在羨慕他人如此有自信的同時是否曾想過自己為何這般不自信？

會構成自卑的原因有很多，或許是原生家庭的影響，或許是自身個性使然，又或者是有其他因由導致自己陷入毫無自信覺得自己比不上他人的窘境。

但聽過一句話嗎？

每個人在這個世界上都是一個獨立的個體，沒有人可以被取代，就算是同卵雙胞胎也會有差異，更別提其他非你家族的人了，所以就算身家背景再弱小，性格脾性再膽怯或是以前曾遭受重大事件都不足以讓你覺得自己是個沒用的人。

但老問題又來了，所謂江山易改本性難移，既然現今都如此自卑了，怎麼會存在擁有自信的那一天？

這可能嗎？

當然可能，為什麼不可能呢？只是在找回自信之前必須確認自己還擁有兩個東西，一個叫耐心一個叫勇氣，耐心是用來讓你尋找自己擅長的事情，勇氣是讓你用來強化及推薦自己的好東西，如果這兩樣不先從體內激發出來，那麼要找回自信就更不容易了。

基本上每個人都會有擅長的領域，有的人有畫畫天分，有的人天生一副好嗓子，有的人舞姿曼妙，有的人擅長烹飪，不管是什麼，不管在他人眼中這個專長或天分有多渺小，只要耐心專研勇於突破放膽展現，那麼成為其領域中佼佼者的一員便指日可待。

反之，如果只是一直躲在自己的保護殼中，任憑黑暗將自己困住且沒有掙脫出來的打算，那麼就會一直活在自卑裡無法脫身，畢竟我們都很清楚要突破自己只能靠自己，他人永遠只會是輔助，不管他人怎麼鼓勵鼓動，最後受到鼓舞而振作或是受到刺激而行動的人永遠是我們自己。

不動起來為自己的人生找一個光明，那就會永遠在闇黑世界裡，這個世界只會有他人高你低的情況，因為你不肯改變，他人就順理成章將你踩在腳下，想想這多可怕？

一輩子活在他人的陰影中，成日唉聲嘆氣自卑度日，這樣的人生有趣嗎？

人生說長不長說短不短，無趣與有趣之間該選擇哪方相信不用明說也很輕易可以分辨出來，如果覺得自己的人生怎樣也達不到彩色的境界，那也別沉溺在黑暗之中，整個空間黑壓壓沒有一點色彩，沉重是唯一的形容詞，久而久之是會生病的。

只要不看輕自己，拿出耐心及勇氣為自己尋一個出路，相信在路的那頭會有驚喜等著你。

試試吧，別說自己做不到，自信的根源就來自於不看輕自己。

獨 醉

文：君靈鈴

怡燕覺得自己醉了，醉在一個沒有任何人僅有她自己存在的空間裡，渾渾噩噩的她看著蒼白如雪的四周，茫然的眼神代表她尋不到盡頭的疑惑，這是屬於她的世界，但她卻覺得自己待在裏頭很無助很痛苦但卻沒有人會來拯救她。

後來，雖然好不容易找到一個小小的出口走了出來，但她卻覺得出來後的世界更加陌生，她想著自己原本也是在這個世界生活，是後來發生了很多事才擁有了自己的世界，雖然待的不開心但她發現出來之後再次重逢的這個世界卻讓她看不懂。

沒有感受到任何溫暖及善意，每個人都是用像看怪物的眼神般看著她，對她指指點點還交頭接耳像是在說她什麼，她不禁嚥了口口水倒退一步，考慮著要不要回去自己的世界，雖然不舒適但至少不用被說三道四指指點點，甚至她感覺到這些人意圖想捆住她讓她哪裡也去不了，想掌控她的一切，想改變她這個被視為怪物的人。

但她做錯了什麼？

她不懂，惡意的目光卻沒有停止過，她很害怕，想躲回自己的世界，卻發現自己的手腳不知何時被綁住，而耳邊不停傳來喊她怪物的聲音，大大小小男男女女老老少少都有，她嚇壞了，不禁放聲大哭，但卻引來更嚴厲的處置，手腳被綁的她只能任由這些人擺佈，沒有辦法脫身。

「為什麼綁我？！」

怡燕哭叫著、掙扎著想恢復自由之身，但束縛太緊讓她連一絲掙脫的空間都沒有。

「因為我們都是醒的，而妳是醉的，這個世界如果醉的人太多，那麼就會大亂，必須嚴加看管維持這個世界的秩序。」

其中一位出手綑綁她的人這麼說。

「我又傷害誰了？我只覺得我害怕，害怕你們這些說清醒的人會傷害我。」

怡燕忽然覺得可笑。

「我們才怕你們這種醉的人會傷害我們，你們的行為向來不受控制，只要一直在醉的狀態就不知道會做出什麼事，我們不能冒險，妳必須接受這個處置。」

對方又這樣說讓怡燕全身沒了氣力，然後流著眼淚苦笑著。

眾人皆醒她獨醉嗎？

這是她願意的嗎？

如果可以選擇，她也想一直醒著，獨醉的世界孤單寂寞又讓人感覺無助，如果不迫不得已，她也不希望自己獨居在那裡。

只可惜，沒人願意去理解怡燕，就像很多人不願意去理解那些非我族類般，以為他們就是小題大作，認為他們成天無病呻吟，覺得他們活在自己構築的悲慘世界。

但這個世界該多點包容心與同理心的，每個人的遭遇及成長過程都不相同，五個人認為 OK 的事不一定第六個人就覺得 OK，OK 的定義在每個人心中都不同，如果不去理解對方永遠不會知道他的憂鬱恐懼是為什麼，他的世界又是什麼情況。

獨醉的感覺並不好過，只有正經歷的人才懂。

順行人生 VS 逆行人生

文：君靈鈴

阿寶老是在抱怨自己的人生，說自己出生在不富裕的家庭也就罷了，父母又早走，家境貧寒的他好不容易半工半讀掙了個名大學學歷，出社會後也努力闖進了間大公司就職，但卻一切不順，且外表平凡的他也沒有女友，總之就是倒楣透頂沒有一件事順心，不像跟他同期進公司而現在已經成為他主管的俊傑那般順利，家世好、外表佳、官運好且還有個正妹女友讓人羨慕。

在阿寶看來他的人生根本完全是逆著走的，從來沒有平坦的道路讓他前進，他總是走的很辛苦很疲憊。在人生路上他不只一次抬頭問蒼天，為什麼他總是這麼不順這麼無助只能靠自己卻沒有得到任何幫助，只怕一點點也好。

對比起他，俊傑的遭遇顯然很不一樣，被阿寶定義為一帆風順，俊傑的一切都讓阿寶覺得老天爺真是不公平到極點，俊傑什麼都有而他卻什麼都沒有。

但阿寶真的什麼都沒有嗎？

或許他自己是這樣認為，但很快的他就會知道，情況並不一定會一直像他想的這麼糟。

這一天，阿寶的兩個同事得罪了公司的大客戶，對方揚言要終止這次的合作案引起公司高層震怒，消息一出立刻引起阿寶所屬部門人心惶惶。

這不是件小事，也不是把那兩位犯錯員工開除就可以了事，這事若處理不好別說那兩位，害公司平白蒙受這麼大的損失，首當其衝就是課長俊傑，再者或許還會有其他人一併受害。

所以基於是主管的立場，上頭也施壓下來，俊傑只能趕緊帶著兩個犯錯的員工前去賠罪，但不去還好這一去事情反而弄得更糟，三個人去了只會道歉什麼也做不好，弄得客戶更加不悅，解決的機會也更渺茫了。

眼見如此，阿寶想著自己不如一試，但他沒有衝動，反而是將整件事的來龍去脈了解清楚，並去打聽客戶的喜好及對方如此生氣的原因是否還暗藏其他理由，幾天下來感覺有了七成把握後，阿寶這才敢直接出擊。

因為人生走得並不順遂，阿寶練就了一身能屈能伸的功力，他或許工作能不如俊傑，不過在某些他尚未自知的方面他可不輸人，既然是準備好才行動的，那他就想能順利圓滿解決這次的事情。

結果，阿寶成功了，保住了兩個同事也保住了俊傑，還在這次的事件中贏得了上司的賞識，他這個曾經在公司默默無名又不起眼的人這次終於大放異彩，而這一切竟是因為他不順遂卻豐富的人生經歷得來的。

所以說逆行人生並非不好，在種種磨難中的收穫很多時候遠比順行人生要多上很多，太順遂的人生很多時候會讓人忘記該居安思危，但荊棘滿佈的小徑卻是得一路過關斬將，激發出潛能，終有一天能當上人上人。

多行不義必自斃

文：君靈鈴

常常聽人說老一輩說的話或是從古至今流傳下來的成語、俚語、字句等等都是有一定的道理，很多時候在看的當下可能覺得又是這樣老調重彈或是認為都什麼年代了，現在這個世代已經不被認可不適用了，但無可否認有些話不管在什麼年代都有它存在的意義與價值，帶給人們思考與反省的空間。

「多行不義必自斃」這句話出自《左傳・隱公元年》，本來意思是指壞事做多了必定會自取滅亡，後來也引用在很多方面上，意思不變，只是如何滅亡，在哪個方面全軍覆沒倒是被覆蓋了很多種類。

心善終有好報心惡則走向毀滅這個道理是亙古不變的真理，要不然阿傑應該也不會走入現在這個窘境導致後悔莫及。

終於在公司升任主管是阿傑夢寐以求的事，但老實說阿傑並不是個很 OK 的人，在下屬間風評很差，會升任只因他非常會拍馬屁抱大腿，還有更重要的一點是他很會製造自己很行的假象給上頭瞧，而實際上他只是個馬屁精兼很會搶功勞上報的人而已。

說他沒能力嗎？

倒也不是，要說能力他還是有的，只是不如他自己塑造出來的那般武藝高超，再加上個性本就臭屁好大喜功，有功就搶有過就推，也難怪後來他會被掃地出門。

事情是這樣的，有一天阿傑的部門出了大紕漏，引來總公司高階前來調查，而看到這種陣仗阿傑有點傻了，本性使然他馬上將過錯全推給下屬，也不管對方家裡還有妻小要養，無端失去工作可能會讓生活陷入困境，但這還不打緊，因為牽扯到財務，所以那名被阿傑陷害揹黑鍋的人還揹上官司，只不過當個聽話的下屬就沒了工作且官司纏身，這事說有多倒楣就有多倒楣，而阿傑卻像個沒事人般，在公司調查時把過錯全往外推且還很誇張的當起了證人。

這樣的情況引起了很多人的不滿，但阿傑根本不理會，以為自己躲過了這一次往後就天下太平了，結果一陣子過後這件事似乎就這樣逐漸被阿傑淡忘，算是小小安分了一陣子的他因為接了幾個大案又開始囂張起來，最後也不知道是哪根筋不對，竟然跟他的上司大小聲還惹了一些他認為沒什麼的麻煩，當然這時候的他還不知道自己是在自掘墳墓，因為他自我感覺非常良好，認為自己對公司很重要，而且他的下屬也非常需要他。

然而事實證明人品性不佳性格不良太自我總會踢到鐵板的，阿傑最後的下場是被公司掃地出門，而且在他離開的那天，他每個下屬都是帶著愉快的心情送別他，而他也在離開公司後四處碰壁，最後生活陷入前所未有的窘境。

人懂得自保是對的，但陷害他人卻不是該為之事，當陷害他人成功的那一瞬間，或許現世報就會在之後到訪，不得不防。

控制，常常以愛為名

文：君靈鈴

在街上遊蕩，這是小芬頭一次反抗父母逃出家門，只因為她覺得自己實在快窒息了。

這十幾年來她一直都是個聽話乖巧的孩子，從來也不否決對父母親對她的愛，但今日她卻發現，在這個名為愛她的背後似乎更多的是一個單詞名為「控制」。

她的父母總是習慣掌控她的一切，即便所有人都說她是好孩子，即便沒有一絲跡象顯示她有可能會變壞，但她父母依然故我，沒有給她一絲自由，沒有給她一點喘息的空間，仍是想掌控她的所有，不讓她逃離監視範圍。

這是愛嗎？

小芬猶豫了，不敢再像以前直接下定論，她現在只知道就算像這樣無所事事漫無目的在街上遊蕩，內心的舒適也比待在家裡好上太多了，那個家說實話只要讓她再待上一秒，她就會覺得自己像被掐住喉嚨般呼吸不到空氣。

只是該何去何從她卻沒有答案，她根本沒有知心朋友，因為她根本沒有自由可以跟其他人交流，怎麼可能會有朋友？

她現在唯一能想到可以求助的也只有老師了，但她連手機都沒有，頓時間她陷入一個尷尬的場面，這下該如何是好？

回家嗎？

但她不想回家，可繼續在街上遊蕩也不是辦法，她頓時不知所措，但幸好就在此時有人喊了她的名字，她睜眼一望，發現是自己的同學。

這一刻，小芬只能求援，接著半小時後她終於順利見到了老師。

在老師溫柔的詢問下，她把自己的逃出家的原因，還有很多事都一起說了，就像一個已經滿溢的水桶需要傾倒般，小芬也把自己心裡堆積的那些不舒服一起說了出來，說完之後她一瞬間感覺是好多了，但下一秒她又頹喪了起來，因為她發現就算說出來事情也可能無解，而她不可能一輩子都像這樣在外頭遊蕩。

她是這樣想不過她老師並不，先是安靜聽她說完然後安撫她讓她吃點東西後接著就跟她說想跟她父母談談。

談話的一開始是不順利，小芬坐在一旁聽著父母對老師毫不留情的指責，指責老師對學生家庭事涉入太多等等，她不禁搖頭，拉拉老師的袖子要老師別再替她爭取什麼了。

沒用的，小芬是這樣想，但她老師卻對她微微一笑，要她耐心再等等。

結果兩個小時後，小芬發現父母的態度竟然漸漸軟化了，她很訝異也很感激老師願意花時間說服她父母，而她在這場攻防戰之中從老師口中聽到印象最深刻的一段話就是……

別以「愛」為名控制孩子的一切，他們都是個體，需要自由需要喘氣，別對他們說一切都是為他們好，你們認為的好在孩子心中不一定是好，真正的好該是去深入了解孩子真正的需求，在他們有意願的情況下去給予幫助，而不是以自己的想法去為他們定位未來。

他們的未來，由他們自己創造。

『胖』真的能做自己？

文：六色羽

美美於心中向天怒吼：「為什麼就是有人要嘲笑胖子？」

放學後，美美走在走廊上，身後卻跟著三個嘲笑她的男同學，在打賭她這頭豬一定戴不下普通的安全帽，要不要拔光她的頭髮當豬毛筆？不如殺了那頭豬去救非洲的難民。

美美每天都在默默的吞食那樣的羞辱與歧視，知道她受到霸凌的老師和父母，也只是鄙夷的責備美美，幹嘛不少吃一點？瘦一點，那些人就不會再找她的麻煩，也比較健康，是她懶惰不夠努力才會胖成這樣！

他們還舉了社會上許多因為肥胖而丟了工作、或找不到工作的實例勸美美減肥。如有個法國男子 Kevin Chenais，因為重達 230 公斤，使英國航空公司拒載，全家受困芝加哥。

美美心裏卻反骨的抵抗著世人，以外表來定奪一個人的價值，那簡直和種族歧視是不相上下的邪惡霸凌，像《大餓》那部預告片裡的臻言：不論你是瘦是胖，總感覺這個世界永遠都不會認同自己的模樣，因為總有哪些地方「不夠完美」。

其實只要你不是所謂的標準身材，別人對你的審視永遠都是嚴苛的！

於是美美決心要活得像與眾不同的藝人渡邊直美、因胖反而大放異彩的名模迪亞莫一樣，不再因為「美麗卻不快樂」去減肥，反其道而行的盡情的吃，就是要向世界宣揚「肥胖不是罪」、「胖也能活出美麗做自己」、「只要我快樂，胖干你屁事」，就是要反轉世人對肥胖者的歧視。

但胖，真的不是罪惡嗎？當鎂光燈聚集在胖美美被社會無情霸凌的背後，她都做了什麼才會這麼胖？走在街頭擁擠的人群中，放眼望去，過於肥胖的人不少，可曾想過，那些人身上多餘的肥肉、一層層的油脂，都是怎麼形成的？

答案很殘忍，因為肥肉無非都是割下動物身上的肉，一口一口累積出來的！

許多人都跟美美進食的模式一樣：拿起一根根的雞腿、一塊比一塊大的牛排往嘴裏塞的同時，兩眼又直盯著另一旁的漢堡、香腸熱狗或豬腳…但她可能其實早已飽得想吐，但美食當前又難以抗拒，貪得無厭之下無形間犧牲浪費掉的是多少條生命？

大家都知道『吃什麼，就會像什麼』。當人人開始宣揚要做自己，不能歧視肥胖者的同時，螢光幕上身段蛇蠍般的名模女星，依然是吸引所有人眼球的夢想焦點。在旁人的輿論和質疑之下，我們確實常常跟著貶低自己的價值，讓我們永遠活在旁人的眼光裏徘徊，很難過得了自己想過的人生，為了得到大家的認同，所以各種詭異的整型風才會越來越猖狂。

於是不擇手段的整型、塑身、減肥，在暴飲暴食的吃不停把自己搞得人不人、鬼不鬼之後，又開始病態的對那些變美妙方求之若渴，即使砸下大把銀兩也在所不惜，結果整出更多的人間妖魔，令人驚嘆！

基於這樣扭曲的現象，於是有人提倡，或許不是胖女孩需要改變，而是這個世界需要改變。

但若是告訴你，這個世界，的確因為人們餐桌上越來越豐盛的食物而發生了巨大的改變，而且還正在走向窮途末路暖化中，你會相信嗎？

之前在某女人社群團體提出這個觀念時，很意外的遭到許多女性的轟擊，言辭犀利的反問「我吃很多肉胖不胖，跟地球暖化有什麼關係？」

君不知為了滿足全球人口的口腹之慾，飼養了超過 700 億隻牲畜。而為了養活那些供人類消費的動物，耗盡的水資源和糧食有多驚人，更別說動物排出的廢氣占全球溫室氣體排放的 18%，這比全球運輸業（鐵公路、輪船、飛機等）所產生的排放量還要多，所以別再說人類的肥胖，和地球惡化沒關係。

為什麼 24 小時都生活在同一個國家或社會圈裡，有人胖、有人瘦、有人豐腴、有人體態均勻？當然基因、疾病、後天不良環境或壓力造成肥胖的原因無可怪責，但大多數肥胖產生的原因，是由於肥胖者對於食物缺乏自制力所造成，而且長期貪得無厭的吃，更會造成基因變異而再也瘦不回去。

其實大家心知肚明，即使肥胖不該受欺負的理念真的成功遏止人們停止歧視肥胖者，但這個世界的「微霸凌」還是依然存在。人們雖然不再投以異樣的眼光看待肥胖者，卻還是會在心裡默默評斷和鄙夷不符合眼球審美標準的龐大體型。

總而言之，少吃多動，對於地球和你，才是健康之道！

包裝後的實話

文：六色羽

你害怕說實話嗎？

會不會常常覺得實話一說出口，緊接而來的效應，不但不是得到對方的肯定，還可能使一段原本完整的關係，造成排山倒海不可收拾的反效果，怎樣也覆水難收。

老闆叫曉青在打好的公文上用印，曉青先在其它的紙上試了好幾遍那新買的印泥蓋章，只是不管她怎樣試，效果都還是不太清晰，有部份的線條斷斷續續。

但公文趕著發出，於是她還是硬著頭皮蓋了上去，心裏忐忑的擔心，吹毛求疵的老闆會不會挑剔？才在躊躇要不要甘脆重印一張蓋時，老闆已經站在她後面：「怎麼用印用得這麼醜啊？」

曉青心咯噔了一下！

「不是叫妳用印前要在其它紙上試過一遍嗎？」

曉青拿出她試過的廢紙呈到他面前：「有啊，只是不管怎麼試都還是不能印得很清楚，可能是那印泥有問題，太過黏稠，硬得根本沾不上泥印到紙上。」

曉青一說完，就感覺身後傳來一陣的殺氣，她不妙的轉身，老闆怒火衝天罵道：「為什麼要把妳沒做好的責任推到什麼印泥上去？妳到底知不知道這印泥可是我買的上等泥，一個要價一千塊，妳用的水壺都沒它貴！」

曉青無語，只是愣愣的任由著老闆繼續怒罵，直到銀行的經理來訪，他才笑臉迎客。但老闆依然得理不饒人的向銀行經理抱怨著請了一個笨秘書，連用個印都不會，硬要用過五湖四海印泥的專業用印銀行經理評個理。

銀行經理順手也拿起印沾了一下那昂貴的泥，蓋了好幾次章，竟也一樣不清不楚，皺眉說：「這泥不好。」

曉青一臉得意的一旁補了一句：「我就說泥有問題。」這句實話，給了曉青致命的一擊。

老闆瞪向曉青，雖然她是實話實說，但到了月底，老闆就以約到期不再續約為由，將她給解聘。

說實話的代價若是那麼慘，你會選擇阿諛奉承的說對方中意聽的話，還是真話？只是如果可以轉個彎，用藝術包裝一下實話，是不是會更好？

曉青若是能靈機應變，一開始就不把問題指向泥有問題，而是火速拿出另一塊平常順手的泥用印，再問老闆意見，兩方效果比較之下，老闆也會心知肚明問題出在泥，而非曉青，應該也不會走向被解顧一途。

老闆畢竟是上司，不管事實究竟是如何？直言無諱的指正他的錯誤，很容易變成以下犯上的大忌。要知道，古代實話說的最多的忠臣，往往就是被貶到最荒蕪最無毛之地的官，更多是怎麼死的都不知道？

人愛聽諂奉的話自古至今皆同。只是現今卻以直言直語，視為去掉虛偽不拐彎抹角的坦誠直率。所有唐突冒失與措辭不當，為了聽到真實的建議，都應該被原諒，若是你不能接受，就是你太假仙。

於是在無形中，不包裝的直話文化慢慢變成一種口無遮攔、肆無忌憚地只圖一時口舌之快的說話模式，把尖酸刻薄，扭曲成一種為他人著想的不負責任藉口。

先前同事曾拿一則寫了一個半月的稿子，要他的死黨給予評價。結果因為是多年的死黨，於是她毫不修飾的坦言直道：「這文不吸引人，我一點也不想看，你的文向來即不深刻、又很沈悶，一點啟發性都沒有。你確定你還要繼續寫嗎？」

那死黨認為說實話，是為了幫助對方，但她的實話，除了深深刺傷了我同事外，什麼助益都沒有。我同事好幾個月，再也提不起勇氣寫任何一個字。原本為了替人著想的好意，卻變成阻礙他人前進的障礙，也會讓朋友關係產生疏離而變調。

說實話很重要，但要說不帶刺的實話則需要包裝與磨鍊。有時候並不一定要直接點出對方的缺點，可以用提出一個問題反問、或舉個實例，把焦點轉換到別的角色上面，讓他能換位思考，並以第三人的方式來看待自己的問題達到引導效果，讓彼此溝通的對話變得更圓滿。

說出來的實話，還是要讓對方聽得進去才有效，不然就白說了。

網路的彼端

文：六色羽

「Take care of karona.」

今年 2 月 12 日，我的 messenger 突然有個叫哈利印度網友，在疫情嚴重之下傳了這樣關心的訊息給我。

我往上滑，沒想到他從去年 10 月就開始每天都向我傳美麗的照片加上一句「Good morning」，而我卻完全沒注意到他！他沒有像許多路過的網友那般，膚淺的開頭就向我要求個人照片和資料，每天簡短的招呼和關心，默默的訴說著心裡的話，不知不覺的吸引住我駐留的腳步。

印度，遙遠又古老的國度，我們正看著同樣的日月星辰，也正一同面臨著一場世紀大瘟疫。

3 月 7 日，他說他的村莊，已經有 33 人死於新冠肺炎，成長於太平盛世的我們，對於那樣死亡的逼近，同感驚心與恐懼，之後每天，他都會傳來更新的數據，數字以倍數在遞增，我和他的心裡，都在浮躁不安。

三月中他還猶豫著要不要將他的公司關閉一段時間？

他問我：「What to do?What not to do?」

我感受到他的無助，卻也不知道該怎麼辦？他傳了一個無人空巷的照片給我，說自己活了半百，從來也沒見過這樣的寂靜，世界好像就等著末日的鐘聲敲響。

義大利、歐洲到美國都相繼淪陷，我們只能一起數著那怎麼也停不下來的恐慌，他的心，和我一樣懸掛於身邊和不在身邊的家人上，夜裡看著孩子安祥的睡臉時，都會不自覺感到愧疚與沮喪。

他又問我：「我們到底做了什麼？才會讓孩子們得承受這樣的混亂？」

我被他問的鼻子一酸，眼眶濕濡了起來。

五月底，他依然不敢出門，因為疫情沒有停下來，反而更加嚴峻，印度的確診人數，從我們開始聊天的雙數飈升到十七萬多，死亡人數也來到近五千人。

我問他這麼多天以來的禁足，食物來源是什麼？他開始傳來一長串我看都沒看過的美味食譜，還用我聽都聽不懂的印度古語介紹它們。

一大早是奶茶、兩個薄煎餅；快中午時是蘇達山、吉洛伊；午餐是蔬菜和 3 盤 bajari roti；傍晚再來一杯茶和一份烤肉；晚餐蔬菜和 2 個巴杰羅蒂、蘇達山、吉洛伊和一杯石灰水。

我看得很懵，但滿桌五顏六色的食物，卻讓我垂涎三尺，而且他還說那些美食的食材，全都來自於他家庭院。我有種他其實是印度國王的錯覺，食物也太豐盛了吧！

但他提到他喝石灰水？

我這時才想起曾在某網站新聞看過，印度能夠入口的水少得可憐，有些城市的水源已近枯竭，有些則被工業污染的無法飲用。不少貧民窟居民只能靠政府派卡車運來的淨水維持生存，或到黑市買水。

貧富懸殊很大，再加上天災人禍，求生似乎成了許多人今年的重大課題。

但是看來，恐懼和各種劫難並沒有抹滅掉哈利精力充沛的活力。即使六月還來了可怕的蝗蟲大軍、旋風、六到七月開始下暴雨，他每天仍傳來恆河邊、日落時分的禱告慶典，幽默的告訴我：「I still alive.」

我被他的樂觀給感染，傳了張笑臉回他：「You are a superman.」

截至 8 月 13 日，印度確診人數到達 239 萬人，死亡人數 4 萬 7 千多人，是全球疫情第三嚴重的國家。跳躍攀升的數字，成了我們一起走過的背景，回顧 2020 簡直是步步驚心，但光陰荏苒如梭，再刻苦度日，轉眼也已經過了一半。

當年 SARS 嚴峻時，我獨身一人；今年 COVID-19，我擁簇著女兒浮光掠影的跟她們訴說當年的情景。瘟疫不會永遠消失，但是記憶會隨著經驗而傳承下去，那些靠著大把歲月累積而成的智慧，希望能帶領我們和我們的後代子孫，在過錯中及時領悟悔改，才能安然無恙的繼續住在這顆美麗的星球上。

他最近終於對我這個人起了好奇心，問我是不是大學生？我神秘兮兮的說不是。他再追問我是做什麼的？我要他猜，或許有個未了的心事，是不是能助他安然努力的渡過這麼多的災難？

億萬富翁百元創業記

文：六色羽

「有人要找我去做家庭清潔工作，可賺到 80 元美金！我不會瞧不起卑微的工作，因為不論任何工作，只要努力去做，都能夠增加信心。那份自信，會幫助你邁向下一個階段。」

這是一個億萬富翁，趴在一棟別墅的馬桶上替人刷馬桶時說的話，他正在參加探索頻道的『億萬富翁百元創業』的節目。

節目開始，他乘著私人飛機，飛到節目指定的一個叫伊利的美國小鎮，身上只有一百元美金。他得在九十天內，用一百元創造出一間價值一百萬的企業，他唯一的優勢，僅有年輕時白手起家的成功經驗。

一百元對窮人來說，是能在城市裡活幾天的致命關鍵；但對億萬富翁來說，你一定會認為反正那只是他遊戲的一部份，他戲唱不下去了，大不了舉白旗投降就能全身而退，縮回他的億萬天堂去。

但當一個人幾乎擁有全世界時，他最在乎的絕對不再是金錢，富翁無論如何都不能損及他的尊嚴成為上流圈的笑話，所以遊戲再艱苦，他的身分地位都不允許放棄。也是那樣孤注一擲的決心，一路督促著他發揮非比常人的毅力，走完這場實境秀。

他從未去過伊利，開著一台製作單位準備的老貨車，一下高速公路，就看到一個若大的標語『重建伊利就如跑馬拉松，不是一蹴可及』。看來伊利市民仍對這座餘留下來的工業城市，充滿期許，一路上他也看到了許多生機。

富翁一開始的目標全是在底層求生存。沒有資金的他，只得延著火車道兩旁的廢棄工廠找鍛鐵和輪胎。期間，他餓到沒法再支撐下去，頂極的生活，早就已經讓他忘了貧窮是什麼？

一連串的困頓並沒讓他產生打退堂鼓的念頭，只好到收容中心當志工換食物。挨餓、寒冷、生病、找不到工作，他在收容中心感受良多的看著眼前為生活掙扎的人，居然那麼多人，只要有一頓溫飽，就已經心懷感激，而他卻很幸運的擁有太多，連自己當初如何致富的原因都已經模糊不清了！

他受盡折磨，也恍然想起自己也曾經如此平凡。快樂與悲傷交錯，只覺得這世界還是充滿著希望。

皇天不負苦心人，他終於在廢棄廠找到工業用廢輪胎，賺到第一份足以找個地方落腳的地方，生存危機解決後，他開始有精力計劃創業工作。

他的第一步是招攬人才，只是每向計劃前進一步，卡關的難題就在前面等著他。時間不待人，現實非常的殘酷，他卻百折不饒的發揮統籌人事物的能力、運用敏捷的思緒，冷靜樂觀的屢將危機化成轉機。

整部片子跟著他做不停、轉不停，面對錯誤時，以改進與鼓勵，代替抱怨和負面的責備，讓原本對他充滿質疑的團隊，終為即將開幕的餐廳在美食比賽上打了一場勝利的硬仗。

每個人都可以找很多藉口放棄，但是沒有人放棄！看他從零，漸漸化整出一個企業的雛型出來，過程真的讓人嘆為觀止。當富翁公布他的真實身份的那一天，跟著他一同走到最後的伙伴除了感到驚訝，無不被他們真的在短短 90 天，創下價值 75 萬多美金的餐廳感到不可思議！

他們只成功了七成，但任務之後，富翁感觸良多，認為這不僅僅是一場無聊的打賭。他在收容中心受到幫助時，就決定要將企業的利潤，投入創業基金，幫助當地更多需要的人。這部影集感動人心的，是富翁不屈不撓挑戰自己的決心毅力，還有真誠對待所有人的魅力，那比他最後創造出的金錢更吸引人。

珍貴照片

文：六色羽

翻著年輕時的舊照片，有些都已染上斑斑泛黃的痕跡，它們好像在侵蝕我努力珍藏的永恆的剎那，心一慌，不禁無耐的喊了出聲：怎麼可以變成這樣？

若是再讓它們繼續漫延下去，是不是我就會永遠從時光中被抹滅，再也沒有東西可以證明，我確實做過哪些事？去過哪裡？我真的曾經存在過了嗎？

以前旅遊回來，最興奮的，莫過於不論是否為一同被照片框在相裡的旅遊者，大家圍在一起，如同時光倒轉般，再次將去過的旅途重頭溫故知新一遍，訴說自己當下沒能來得及表達的想法、沒能來得及做的事、沒能來得及去看的景點，還有慶幸做了哪些事？吱吱喳喳的不亦樂乎？

不知道從何時開始，我們好像就再也不去洗生活照，連美好旅程也很少把它們印出來。記憶卡取代了相簿，回憶變成了數位化，大家圍在一起看照片哄堂而笑的場景，好像已變成了歷史，現在看照片，無非就是把它們上傳出去，人手一機從雲端或各種軟體上獨自看。

數位影像因為科技的便利，變得越來越泛濫，生活中的一舉一動、一花一草都能隨時照下來，大量的上傳，卻反而沒有時間和興致，把它們全數翻出來細細回憶，更沒時間整理與分類。

於是隨著歲月的積累，原本認為珍貴的影像，漸漸如同埋葬在酒窖裡被塵封的酒，不知哪天才會再想起它們的沈香，拿出來品嚐舊有的時光？

更多人喜歡將自己生活的點點滴滴往 FB 上 PO。

FB 瞬間成了人們的相薄和日記，不同的是，有更多連自己都不認識的陌生人一同觀賞著螢幕上的你，有種追逐「偽明星」的心態，想要吸引更多人的關注與吹捧，跟著乎高乎低的點讚數，被大家一陣品頭論足之後，心情也開始彼起彼落的連自己都捉摸不定。

每個人包裝後的讚美，如海浪襲捲整個留言區，看不到他們的表情，所以也分不清虛偽字體下的感情有幾分是真的？貼圖下的本意也匪夷所思的讓人苦惱，已讀不回更會使人腸胃糾結的想衝到他家去問明原因。

曝光在螢幕之下的私生活，會為自己製造多少意想不到的麻煩與危險，不得而知？很多煩惱都是自尋而來的，這就如同我們不會隨便給陌生人已經印下來的照片，是一樣的道理。

霍地一張泛黃的照片，不經意的被我翻了出來，照片中是一個穿著鵝黃色毛衣的小女嬰，她頭上還戴著一頂白絨絨的羊氈帽，傻乎乎的望著鏡頭，瞠著兩顆水靈靈的大眼睛。我會心一笑，翻到照片的背面，一行剛勁的鋼筆字跡，上面寫著『愛女』後面接著我的名字。

感謝這張照不是數位相片，我才能保留住已故多年父親，對我訴說的愛，那一筆一劃全是感情的力道，不禁讓我紅了眼眶，再次想起他執起筆時年輕的身影。

發瘋就是
重複做同樣的事情

文：六色羽

今要選鮭粉色還是褐金色的眼影？口紅、腮紅、眉型要變化嗎？

看著已經用了將近一年的化妝品，突然覺得幫臉上增加一點光彩與顏色感到興趣缺缺，反正一整天會遇到人還是辦公室的那些，打扮是為了誰？

看著不管花多錢在髮廊設計過的長髮，最後為了方便，速速將它們紮成一束綁成馬尾，就匆促吃了白吐司和煎蛋，騎向五年來走的同一條馬路去上班。

有時還會突發奇想，會不會剛好在上班途中被高富帥的CEO給撞倒？然後偶像劇活活在我身上開演，從此生活變成多彩多姿的豪門恩怨，不再是為五斗米折腰的死老百姓。

結果，我還是平安到了公司，和同樣生硬面孔的同事打招呼，屁股才剛坐下，就聽到經理對大家宣布，老闆等會兒要大家開會。

看著白板上的銷售數字和老闆一張一合說個不停的嘴，討厭的星期一症候群攻城掠地的襲來。

好膩啊！空虛的直想立刻逃離這裡！

五年來一直都在做重複複雜繁重的業務，每天上班就開始期待著下班，星期三過完細數還剩兩天，星期四開始期待過了明晚後又是周休了。

晚上老想著今年應該要實施一些不同的計畫，讓自己有所精進，但早上起來還是做著同樣的事情，給自己許多不想改變的理由，接近年終再感慨抱怨為何生活總是一成不變？

愛因斯坦曾說過一句話：「發瘋就是重複做同樣的事情，然後期望會有不同的結果。」

年輕時沒有實行，有了年紀後，更不可能輕易的轉換跑道和嘗試變化了，因為只要一失敗，就很可能變得一無所有。懊悔的看著歲數一年又一年增長，夢想離自己也越來越遠。

有次休長假我跑回老家，去了表姐開的美髮店燙頭髮，姐妹倆聊了好多心事。她對於沒上大學表示很惋惜，整日埋首於工作沒好好談過一場戀愛更是感慨，直到現在都已經 35 了，才驚覺人生到目前為止，簡直宛如一碗白開水，什麼波瀾都不曾經歷。

她實在很想改變，更想步入婚姻。

我自鏡中看她憧憬著未來的眼神裡，看到了期盼，也看到了惆悵。

我鼓勵她不如找間在職大學進修，順便在學校裡談場轟轟烈烈的戀愛、結婚生子，她眼底瞬間點燃了光芒，隨即開心的笑了。

但表姐在 38 歲那年，竟得了子宮頸癌驟然病逝了。在她走之前，依然沒有去實踐兩年前她對我說的願望。

靈堂上，我看著她笑得燦爛的遺照，怎麼都無法相信她真的走了！生命短暫的讓人不甚唏噓，誰能夠預料得到，死神會在下一秒就來敲你的門把你帶走？

聽阿姨說，她要走的前幾天，情緒崩潰的拉著阿姨的衣服大哭喊著：「媽我不想死，我還有好多事都沒做…」

我聽著忍不住淚如雨下。

這場驟變後，有件事讓我十分肯定，是該跳出一成不變的舒適圈了，再不去做自己一直想做的事，我也會和表姐一樣，留下許多的遺憾。

改變也許不會讓每個人變得更好，但改變能在人生的旅途上，看到更多不一樣的風景，起碼曾經闖過，不留下空白。

燕子歸巢

文：六色羽

提著滿手的食材，腳步卻停在豔陽高照的小巷口，自巷弄旁的一大戶人家庭院伸展出來的櫻花樹，在地上泣滿一簇簇嬌紅的櫻雨，舖得我再也捨不得往前將爭豔的最後一抹春天給踩碎，只得繞遠路。

回到家門前我已滿頭大汗，早該進入隆冬的 12 月直到將近正月，溫度依然好比夏天的嚴酷，望向屋簷下空空蕩蕩的鳥巢，每年都會歸來的燕子，會不會因為再也沒有冬天，不用再飛回來過冬了呢？

環境的驟變，牠們在北方的夏天，是否一如往昔平安？

一入家，空蕩的客廳、無人的廚房只有自窗外斜落而下的陽光相依伴，我有些惆悵的盯著食材好一會，才恍然似乎又買多了！以前太習慣準備一家四口的份量，孩子今年開始都學校住宿後，竟怎麼也改不過來。

此時手機突然響了起來，一看是小女兒，我匆忙的接了起來。

「媽，我想和同學去南部玩個三天後再回家。」

久違熟悉的聲音，我柔軟的嗯了一聲，也只能囑咐她要注意安全便掛了電話。心中被一種奇怪的虛無感給充斥。孩子們羽翼已豐，舉翅隨風四散飛後，最怕的，就是唯恐連聲盡，也喚不回顧。

大女兒到目前為止，也還沒打回家說何時回來？

屋外突來一陣吵雜混亂的啁啾聲，我一怔，飛也似的跑出大門。

兩隻穿著黑色燕尾服的小燕子，自我頭頂低空盤旋飛過，好像在告訴我：哈囉！我回來了！

牠們在我身旁來回的俯衝了數回後，終於停在屋子旁的電線上，呢喃不止，嘰嘰喳喳的理著毛，我猜牠們這會兒應該又是在告訴我，牠們這趟飛回來的廣大旅程裡，遇到了什麼冒險故事？

我雙手叉腰，一副很了解燕言燕語的微笑，頻頻點頭對牠們說：「回來就好，回來就好…」

我曾養過一隻桃面愛情鳥，結果因為工作接連搬家和結婚，鳥兒寄養到大姐家，那一別就是三年不見。有次我到大姐家拜訪，那隻愛情鳥一聽到我的聲音，竟在籠子裏不安份的躁動了起來。

牠不會還認得我吧？

我訝異的將籠子打開，牠果然咚得立刻跳到我的手上，低下頭，做出以前要我幫牠騷頭的可愛模樣！

我鼻子一酸，一時間，我才知道原來鳥兒竟擁有如此超強的記憶力，而且感情下得比我們還要深重。

晚上，老公一回到家劈頭就問我：「今天她們會回家嗎？」

我對他搖頭：「小的和同學去南部玩了，大的說後天才要回來。」

他黯然的嗯了一聲，平直寬闊的肩膀微微的垂下，洗完手便坐到餐桌旁，默默的添起了兩碗白飯，就著桌上幾道菜吃了起來。

客廳傳來開門聲，我們還沒起身走向客廳，兩個女兒吱吱喳喳聊天打鬧聲就已傳了進來，老公迫不及待走了出去，以宏亮的嗓音問她們：「吃飽了沒？」

「還沒…」兩人異口同聲，我趕忙走回廚房再幫她們下幾道菜，原來她們調皮的謊報回家時間，要給我們一個驚喜。

家門家外，又回到往昔那般熱鬧了。

水果命案

文：六色羽

慕青顫悚的站在自家門口，表情彷彿見到了鬼，但她看到的，其實是二台停在家門口的 Toyota，那代表，那些大姑小姑又回來了！

她向後退，腦中唯一的念頭就是『逃』！但提得滿手剛買回家的菜；家中嗷嗷待哺的兩個幼子，身為人母的責任心，又逼得她不得不往前，走進那一分一秒也不想待的『家』，面對讓她如坐針氈的『親人』。

有那麼嚴重嗎？難道家人就無法好好溝通相處嗎？其實這個故事還有後續，慕青引爆了瓦斯想燒死那些姑，但最後沒有成功。

慕青的狀況已算好。姑們雖然三不五時回家打擾平靜的生活，但畢竟沒有同住，等她們都走了，還有屬於自己的天空得以喘息。相信很多媳婦都沒有這麼幸運，因為現實上各種理由，婚後都不得不和個性完全不合的未婚或不幸離婚的大姑小姑，綁在同一屋簷下。

新莊的芳馨見小姑秀鳳步出浴室，便大聲對她怒質：「為什麼一直打電話騷擾我娘家？」

兩人去到客廳後爆發激烈口角，芳馨氣得用壯碩身形跨坐在小姑身上，隨手拿透明膠帶試圖將小姑給勒斃。

小姑張嘴咬了她，芳馨一怒之下雙手持起 6 公斤啞鈴，狠狠往小姑頭上猛砸仍未斷氣，再拖進浴室把她的頭埋進水中。小姑死後，芳馨淡定的出門買了 30 包水泥回家，加水精心調配後，將小姑砌成「水泥墓塜」封在房內。

看完這則驚心動魄的社會新聞，我心有餘悸，但也完全理解芳馨在婆家，究竟累積了多少壓力，才會痛下那樣的毒手？

大多數的女人婚前，一定認為，只要男人疼自己愛自己就夠了，卻忽略了他原生家庭的狀況，帶著要好好當人家的老婆、媳婦和媽媽，不要丟娘家臉的期許沒想太多即出嫁。

去後才知道，從此和他過著幸福美好的生活，原來全是自己的幻想。

大多時候，男人不會像女人婚前期待的那樣，在夫家維護她，給她一個遮風避雨的地方。男人為了維護自己原生家人的權益，通常都會反向的要求屈於劣勢、移居男方家的老婆，忍氣吞聲或屈從婆家人，而非平等互惠。

女人婚後不僅要適應夫家，還得承受婆家仰人鼻息的要求、旁人的議論。而男人的角色，卻依然是未離家的寶貝兒子，就像單身時一樣的輕鬆，生活幾乎沒受影響，許多都缺乏為人夫、人父的擔當。

這樣的媽寶丈夫，在妻子遭受婆媳或姑嫂問題時，通常都是站在旁觀者的位置冷漠以待，不然就是責備妻子只會『作亂』，對家沒有一點助益。妻子對生活的期許沒有受到重視，水漲船高的壓力可能因為一點小小的磨擦，而一觸即發，新莊的水泥命案就是血淋淋的例子。

婚姻要走到底，其實是場艱深的藝術。若是沒有後宮甄環傳裡環環的高智商，要一路過關斬將的在后宮裡生存下去，最後還能成功的在婚姻裡熬成婆，實在比登天還難。

婚後女性不要將自己的名譽標準設限那麼高，自允孝道婦道要一手包做好媳婦。想想被人說成壞媳婦又何妨？嘴巴長在每個人的身上，自己活得輕鬆自在最要緊。

若是婆婆大姑小姑們也能以同理心，體諒婚姻要維持多麼不易，給小兩口多點距離，絕對能為彼此的生活，產生無與倫比的尊重與美感。

家庭主婦
沒有「好看」的指標

文：六色羽

同學朋友聚餐上，當大家各自聊著工作與八卦時，曉玲卻坐在餐桌一角，獨自滑著手機，成為座中最無話可聊、最安靜的那一個。

其實她也很想說些什麼有趣的事？但她是個全職的主婦，開口閉口談的都是婆婆媽媽孩子經，與大家天南地北的業務，格局顯得狹隘又可笑，大家對她那樣枯燥乏味的話題，聊過幾次後，就會開始失去了興趣。

漸漸地，她開始避開那樣以職業婦女居多的聚會，生活圈也慢慢變得越來越小，那些多彩多姿的職場成就，似乎與她越來越陌生，也越來越遠。

她開始思索，成天繞著孩子與家務，除了幫助了一個家庭順利運轉之外，自己的價值去了哪裡？她做的事，究竟對這個社會有沒有意義？

曾在財經網站讀到英國經濟學家庇古（Pigou）用女管家的例子，來論證有薪勞動工作觀的荒謬性：若是屋主受聘了一個女管家，那麼國民收入、就業人口等一系列「好看」的指標將會上升，不討喜的失業率則會下降；而一旦屋主和女管家結了婚，她所從事的與之前完全相同的活動則會立即失去市場價值，「好看」的指標隨之下降，失業人口增加，引發一部分數據愛好者的焦慮和譴責。

這論述著實讓人震驚！原來這個社會一直都是以這樣的論點，看待一個無薪的家庭主婦，或者連退了休在家看照孫兒的老人，在資本主義利益為上的體系中，也瞬間淪落成沒有生產指標的廢才了嗎？

然而在家日夜操勞家務的媽媽，或帶孫的婆婆們，她們工作不但一天 24 小時的運轉，周休假日不但不是她們休息日，反而因為全家人都在家後，更是她們忙得不可開交的加班日。

若是社會沒有婆婆媽媽們如後備軍人般，在背後默默的支持著可以外出工作的家人，GDP 又如何會成長變得好看？

除了支援家人外出謀生外，相夫教子的培育孩子人格得以完善成長，更是維持一個社會穩定富強的重要關鍵。想想一個社會的未來主人翁，全是由問題重重的高犯罪率青少年所組成，光打擊犯罪就自顧不暇，哪來的閒工夫去管什麼 GDP？

有個美國丈夫曾衡量老婆在家帶孩子兼家務的薪水，若是要請外務的話，每年共需要花費約 7 萬美元（約台幣 220 萬）；在台灣全日託保母的費用則大約介於 5 萬～7 萬之間。美國丈夫還認為，那個估計費用已經保守得幾乎是瞧不起太太，他根本請不起她，婦女會做那樣不求回報的付出、甚至不求認可的工作，全是因為她愛孩子、愛丈夫，也愛整個家。

家庭主婦的貢獻就如同我們需要的氧氣，看不到、摸不著，但沒有它卻很難活得了。只是那樣沒有頭銜與升遷、沒有列入指標的付出，需要得到社會和全天下丈夫的認同。

逆襲總裁文

文：六色羽

總裁文是愛情類戲碼的東方不敗，但日劇今天不上班，還真是打破了總裁戲碼一貫套路，因為從戲開場到最後一刻，都讓人猜錯了它故事的走向，結局更是跌破了人的眼鏡。

劇中的總裁一樣以高富帥迷倒數排女性之姿粉墨登場，只是這部戲硬是要和普通平凡的苦悶生活劃在一起，總裁的頭銜，在開場沒多久就硬生被摘掉，失去了多金的地位。

這一劇變，讓觀眾原本一心早就替女主選好的平順道路，也瞬間扭轉得崎嶇難擇，蓋上一層世事難料的陰影。原來再光明康莊的景色，都會有被暴風雨侵襲催毀的時候，不會永遠風平浪靜。

於是，觀眾的心又不禁為女主慶幸，還好她沒有貿然的選擇總裁。只是她目前交往的男友，也還是個前程完全未知數的大學生，最重要的，是他和女主之間相差了九歲。

女主已快變大和剩女、急於結婚的瓶頸；而男友的前程才剛剛開始起步，他大學畢業後還想要再攻碩士、然後繼續到美國深造，最後打算靠自己創業。結婚對他來說，只是會成為束縛他追尋夢想的羈絆。他編織的未來，沒有女主。

只是女主雖然在愛情學分上直到三十歲都還是零分，但卻感受到圍在她身邊的，是飽滿的愛。父母原本反對女兒和小她 9 歲的大學生交往，但後來被小兩口認真看待彼此的真誠給感動，選擇支持女兒的決定，伴著她在悲歡離合的愛情路上走下去。

平日愛大嘴巴的八掛同事，在得知她的男友竟是公司打工的大學生時，為了不害她被解顧，也意外的選擇沈默不張揚，還不時的幫她做掩護，好幾次都化險為夷的保守了秘密。

不僅八掛同事展現了朋友的真情，原來她的老闆也早就查覺女主和男主的關係，只是因為愛才惜才，所以也一直不動聲色的像個大家長般在暗中保護著他們的戀情。

總裁雖然也很喜歡女主，還向她多次求婚卻遭拒，但他卻沒有因此耍心機的想要拆散他們，反而紳士的在背面，不時給女主在愛情長跑路上建議，帶領著她一步步的向真愛走去。

總裁角色的安排，讓人覺得愛情真的不一定要擁有對方，只要看著對方得到幸福，那也是另一種愛的表現，而且更勇敢。

女主的唯一女同事也曾視她為追求總裁的情敵，原本以為安插那個女同事，目地無非是要演出勾心鬥角的老梗情節，但兩女卻一直相安無事的處理感情問題，過程不但平靜理性，而且圓滑成另一條有趣的愛情副線。

原來總裁文還能這麼寫實，除了炫富、甜如蜜的專寵女主演到熟爛的戲碼之外，我們每天日常面對的挫折、平凡、一成不變與站在人生交叉點，面臨了兩難的抉擇與離別，再融合親情和友情，生活瑣事也能交織出一部感人肺腑的總裁愛情片。

我以前總是認為，要寫一部小說或一部電影，就要寫超越平凡所發生的事，只有不和生活重疊的劇情，才會有下筆的價值。生活就已經夠苦悶無聊，真的有必要再去看和我們日常發生同樣事件的電影小說嗎？

只是什麼才是價值？

後來漸漸的發現，只要在戲裡也看到了自己面臨的相同問題、讓觀眾產生同理心且啟發人生，不論哪一類型的戲劇，人與人之間被愛、被需要的心理掌控得宜，就能打動人心，即使故事記載的是平凡無奇的瑣事。

國家圖書館出版品預行編目資料

我行我素／安塔 Anta、君靈鈴、六色羽　合著.—初版.—
臺中市：天空數位圖書　2020.12
面：公分
ISBN：978-986-5575-03-8（平裝）

863.55　109019501

書　　　名：我行我素
發　行　人：蔡秀美
出　版　者：天空數位圖書有限公司
作　　　者：安塔 Anta、君靈鈴、六色羽
編　　　審：璞臻有限公司
製作公司：花本潮有限公司
版面編輯：採編組
美工設計：設計組
出版日期：2020 年 12 月（初版）
銀行名稱：合作金庫銀行南台中分行
銀行帳戶：天空數位圖書有限公司
銀行帳號：006-1070717811498
郵政帳戶：天空數位圖書有限公司
劃撥帳號：22670142
定　　　價：新台幣 270 元整
電子書發明專利第 I 306564 號

紙本書編輯印刷：
電子書編輯製作：
天空數位圖書公司 E-mail：familysky@familysky.com.tw　http://www.familysky.com.tw/
地址：40255台中市南區忠明南路787號30F國王大樓　Tel：04-22623893　Fax：04-22623863